JN224385

道徳的な寓意、
およびその他の詩

著者によるオリジナル木版画を添えて

ロバート・ルイス・スティーヴンソン 著

ロイド・オズボーン 編

広本勝也 訳

鳥影社

Moral Emblems & Other Poems
Written and Illustrated with Woodcuts
by Robert Louis Stevenson
With a Preface by Lloyd Osbourne
(1921)

An Intimate Portrait of R · L · S ·
by Lloyd Osbourne
(1924)

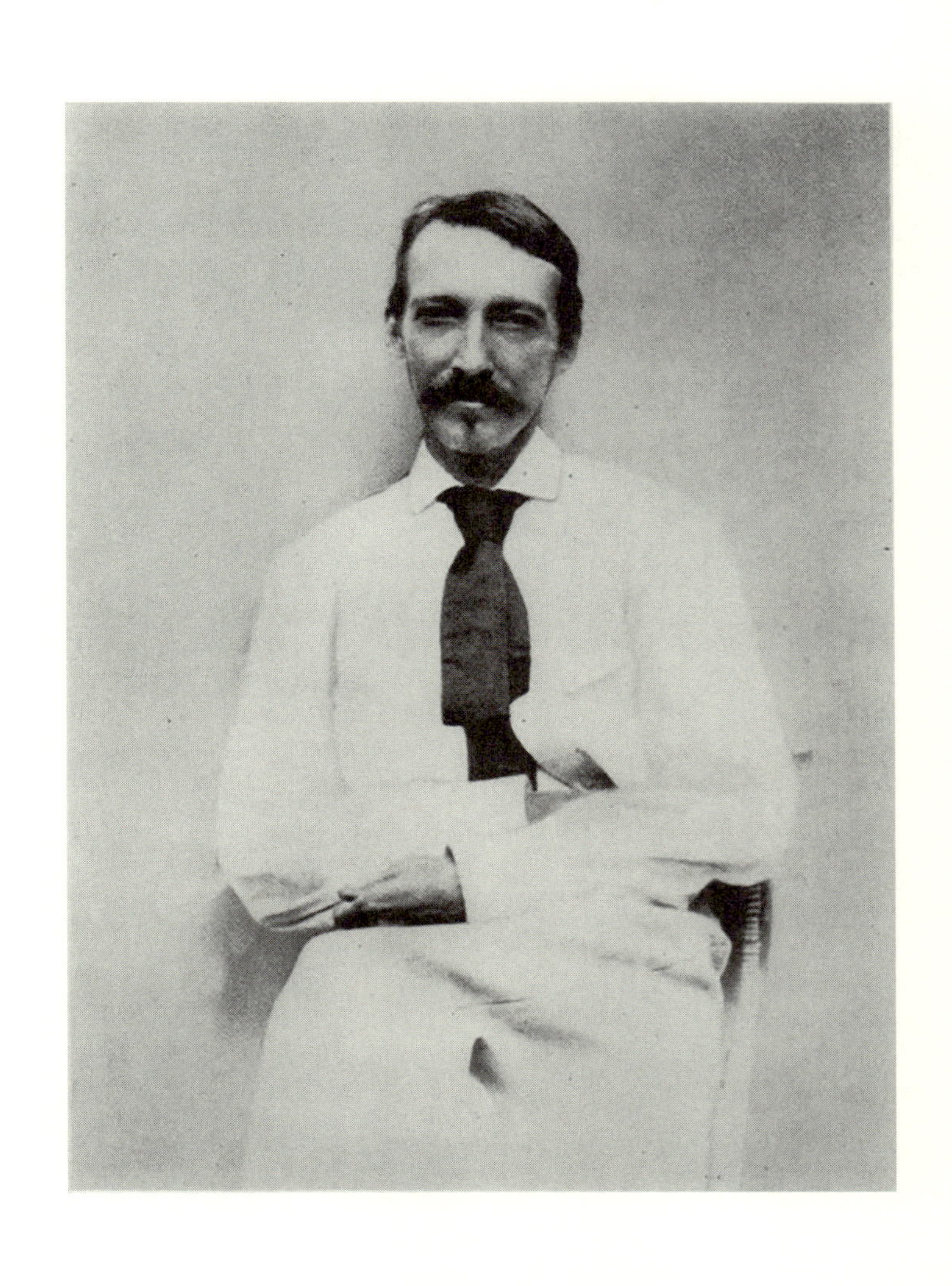

スティーヴンソン（44 歳）

RLS（35 歳）

チョーク画の RLS（4 歳）

妻ファニー

RLS（43 歳）

道徳的な寓意、およびその他の詩　目次

道徳的な寓意Ⅰ：挿絵と詩歌の作品集―― 29

道徳的な寓意Ⅱ：挿絵と詩歌の第二作品集―― 41

はしがき

本書は、ロバート・ルイス・スティーヴンソン著『道徳的な寓意、およびその他の詩』（*Moral Emblems & Other Poems Written and Illustrated by Robert Louis Stevenson. First Printed at the Davos Press by Lloyd Osbourne and with a Preface by the Same*, 1921 の全訳）、並びにロイド・オズボーン著『素顔のR・L・S・』（*An Intimate Portrait of R・L・S・*, 1924 の抄訳）を合体したものである。

なお、本書の「目次」では、上記・原書を底本として目次をそのまま翻訳した。そのため本文中の各詩の小見出し（タイトル）と一致しない部分があるが諒とされたい。

道徳的な寓意、およびその他の詩

（著者によるオリジナル木版画を添えて）

ロバート・ルイス・スティーヴンソン 著

ロイド・オズボーン 編

広本勝也 訳

序文

私がいま何歳かというのを控えるほどの年齢になって、かつて一二歳で印刷し出版した作品集の序文を書くことに着手するのは、いささか躊躇(ちゅうちょ)せざるを得ない。ダヴォス・プラッツという名称の郊外へ広がる村を見下ろす、スイスの山腹の田舎家(シャレー)に住む小さな少年を、読者には想像してほしい。そこでは肺結核患者たちが、回復を願いつつやって来てしばしば亡くなるのだった。季節は冬だった。霜の降りた峰々の輪郭が、くっきりと大空を背景としていた。

村落は——当時も多くはなかったが——一面の雪のなかで縮こまるように群がっていた。朝の訪れは遅く、日没は早かった。静かな黙(もだ)の凍てつく夜が、時間の進行を過度に支配していたが、数知れぬ輝く星々によって慰められるのはまだしも自然の恵みだった。

この小さな男の子は、ここがとても楽しい場所だと思った。彼はトボガン橇（そり）やスケートや雪合戦などを楽しんだ。寒さでひりひりする、すがすがしい空気、そして氷柱（つらら）できらめく樅の木（クリスマス・ツリー）に覆われた森林を喜んだ。また彼のおもちゃの劇場や印刷機は、いつも退屈な屋内設備というわけではなかった。このように恵まれた場所なのに、彼の継父や母親が自分ほどには幸せではなさそうだ、ということを彼はおぼろげながら理解していた。母親は、しばしば心配そうな顔をしていた。時には彼女が、泣いているのに気づくこともあった。彼が偶像視していた継父はひどく痩（や）せていて、子どもの目にもひ弱で幽霊のように見えた。この継父はロバート・ルイス・スティーヴンソンという売れない著述家だった。もしエディンバラの裕福な両親がいなければ、彼はとうていやっていけなかったことだろう。家族みんなが共有している部屋で、この小さな男の子は勉強しながら、心に響く文章を聞くことに慣れていた。たぶんそれは、発せられる声の調子のせいだった。あるいはたぶん、その声に伴う、失意と憂鬱の様子のせいだった。

「ファニー、父に手紙を書かなければいけないよ」

このため小さな男の子は、ずいぶんませた金銭感覚を持つようになった。年中、金欠病の家庭では、彼はお金が、いかに必要不可欠なものかについて学んだのである。彼はまた自分が、ひどい金食い虫であることも知っていた。継父は彼の冬の個人指導のために四〇ポンドを支払っていた。それだけでなく、半ば死にかけているプロシア人将校を家庭教師として雇っていた。この人物は正しいドイツ語のアクセントを教えるために、彼の喉に折りたたみナイフをあてがうのだった。かつて小さな男の子は継父が、あきれ果てたというように、悲劇的な声で叫ぶのを聞いたことがある。「やれやれファニー、私たちは食事だけで一週間に一〇ポンド使っているよ」

小さな男の子はこの金銭的な逼迫（ひっぱく）によるストレスの下で、ホテル・ベルヴィディアで収入の道が開かれていることに気付き、事業に乗り出すことにした。そのホテルでは、土曜の夜のコンサートのために、毎週一〇〇部のプログラムを必要としていた。黒髭（ひげ）を生やした紳士がこれらの催しを管理していたが、プログラムのパンフレット一部に対して、二フラン五〇サンチームを喜んで払うと約束してくれた。小さな男の子は、黒髭のこの紳士を怖れていた。彼は侮りがたい性格の手ごわい紳士であり、綴（つづ）りのミスを許容しなかった。黒髭の紳士がスペリングを重んじるのは、常軌を逸していた。どんなにうまく管理されている印刷所でも時には起こるほんの些細（ささい）なミスに対しても、黒髭の紳士はまったく容赦しなかった。もし小さな男の子が「エドウィン・スミスが歌ったのはTrofolgar's Bayだった」[1]などと印刷したら、黒髭の紳士は大目に見ることなく、その可哀そうな男の子に、もう一度全部やり直すように命じるのだった。しかし、彼はすぐに払ってくれた――。厳しいが、実に尊敬に値する人物だった。慈善（チャリティー）バザーもあった。一般向けの招待、通知、レターヘッド（発信人名・刷込みの書簡）など、すべてが男の子のもうけになった。「鉛の兵隊たちのための哀悼歌」('Elegy for some Lead Soldiers')が展示され、一ペニーで売れた。くじ引き券一〇〇〇枚という大口の注文があったこともある。

　小さな男の子の野心は舞い上がった。彼は「黒い峡谷、あるいは極西部地方の暮らし」('Black Canyon, or Life in the Far West')と題する、八頁の小冊子を書いて印刷した。そのなかで彼は、活字印刷のために何となくため込んできたすべての挿絵（カット）をぜんぶ使った。ストーリーに合わせてイラストを使う普通のやり方の代わりに、イラストに合わせてストーリーを作ったのである。この作品は時々、サザビーのオークションに出品されることがある。もし君がこれを二五ポンド以下で手に入れたなら幸運だ。つまり君が、収集家でそのようなものを大切にするのであれば――。これは「ダヴォス小冊子、スティーヴンソン系、珍本」と称されるほどの地位を獲得した。しかし、その最初の値段は六ペンスであり、すぐ売れて達成感があった。小さな男の子は、一ダース単位のプログラム数セットを刷るよりも、一冊の本から得られるもうけの方が多いこと、そして誤植が入り込んだ時に、黒髭の紳士に鼻を捻（ひね）られたりする心配がないことに気付いた。

ルイス――赤の他人からは批判されるような馴れ馴れしさで、小さな男の子は継父をそう呼びならわしていたのだが――は、この出版企画に大いに乗り気になった。それからルイス自身の野心が芽生え、ある日、彼はこちらが、戸惑うほどの丁重な態度で、オフィス（つまり子供部屋）を訪ねてきて、「ぼくは違う、およびその他の詩」（'Not I, and Other Poems'）という原稿を差し出したので、「オズボーン合同会社」（Osbourne and Co.）は、即座にこれを喜んで受け入れた。これは直ちにヒットして、五〇部全部を完売した。

出版者は胸がはずみ、著者は同じように大喜びで、「これは今までに書いた本のなかで唯一の成功作だ」と言い、印税の三フランをじゃらつかせたので、小さな男の子は思わず吹き出したが、誇らしい喜びを感じた。これに続く熱意が冷めないうちに、次の本が計画され、そのための最初の詩が書かれた。

「もし詩集にイラストを付けられたらいいんだけど」と出版者は切望するように言った。けれども、彼の挿絵はぜんぶ「黒い峡谷、あるいは極西部の暮らし」で使われてしまった。イラストは不可能な見果てぬ夢として、断念しなければならなかった。いや不可能ではなかった。限りなく機転に富むルイスは、フレットウッドの四角い板に幾つかの画像を彫ってみようと言った。（彼は芝居の場面を市販品よりも上手に描く才能があった。）フレットウッドという語は、その物自体と同じく今日ではあまり知られていないようだ。これはきわめて薄い木版で、模様を貼り付け、扱いの難しい小さな鋸（のこぎり）、そしてヨブに匹敵するほどの忍耐によって、作品を仕上げるのに使われる。……さて、ルイスはフレットウッドから小さな正方形を切り取った。そして、考え深げな様子で仕事に取り掛かった。彼は、ポケットナイフしか持っていなかった。後になって本格的な道具が用意された。だが、彼はその前に、すべてをやり遂げようとする意志によって駆り立てられた。ある午後、出版者はほとんど息詰まるような興奮を経験したが、それはルイスが「読者よ、見れば精神が高揚する」（'Reader, your soul upraise to see.'）という詩に伴う図版を完成したからである。

しかし、活字と同じ正確な高さと一致させるためには、木版に載せるためのものが必要だった。ついにこれも成し遂げられた。試し摺り(ず)が出てきた。だが、その摺りにはムラがあった。ああ、なんという落胆。著者と出版者は、惨めな気持ちでお互いに目を交わした。けれども、女性の機知が助けてくれた。「紙巻きたばこの用紙で仕上げたらどうかしら」。「ブラボー、ファニー」。著者は、手際よく巧妙に仕事に取り掛かった。それからさらに試し摺り。紙巻きたばこ用紙の追加がつづき、小さな男の子の部屋への何度も昇り下りがあった。その部屋の温度計は、華氏零度前後を記していた。だが、温度がどうしたというのだ。問題は成功するかどうかだ。小さな男の子は有頂天になって、魔法のように次々に版木から濡(ぬ)れたインクが再現する摺り絵を見る喜びに、我を忘れて刷り続けた。

翌日、小さな男の子は、死期の迫っているスイス人のもとへ使いに出された。ダヴォスの住民たちの半数は、咳をしながら残りの人生を過ごしていた。彼らは非常に貧乏な家族と共に一部屋で暮らしていて、熊の置物を彫ることで生活費を稼いでいた。見本の版木が彼に示された。これとまったく同じようなものを、一ダース作ることができるだろうか。木目なしの木で。

死を間近とするスイス人は「できる」と答え、直ちに熊の彫刻を止めて、この注文に立ち向かった。痩せこけた子どもたちは、驚嘆するように見守っていた。作品「読者よ、見れば精神が高揚する」が、感動の叫び声と共に手から手へ渡された。死にかけのスイス人は小さな男の子に、見事に美しく仕上がったその版木を渡した。小さな男の子は、熊の置物を買いたいと思っただろうか。いや、小さな男の子は思わなかった。彼は大切な版木を抱えて、雪の中を小走りに家路を急いだ。

こうして『道徳的な寓意』が出された。九〇部、一部六ペンス。その反響はほとんどセンセーショナルと言ってもよかった。ホテル・ベルヴィディアの裕福な滞在客には、一人で三部も買う人がいた。イングランドの友人たちが、さらに多くの注文を求めてきた。一方、素晴らしい芸術家は、たゆまず忙しく仕事をした。ビーバーのようなせわし気な働きぶりだったが、「これは、今までになかったような最高の休息だ」とルイスは言っていた。小さな男の子はルイスが、訪問客にこう打ち明けるのを立ち聞きした。「この他愛のない版木を神様が贈ってくださったのは、なんという幸運だろう。私がもはや書くことも、読むことも、考えることもできないとき、至福の満足の裡に、これらの版木を彫ることで何時間も過ごすことができる」。これらは本当に語られたことばではなかったかもしれないが、少なくともそれがその意味するところだった。

こうして『道徳的な寓意』の再版が出された。一部九ペンスで九〇部。一般大衆は初版と同じく、これを心から歓迎した。小さな男の子はとても裕福になり、五ポンド以上も貯め込んだ。しかし、だからと言って、彼は商売を始めた粗末な生活の支えを捨て去ったわけではなかった。彼は今まで通り、週刊プログラムを刷り続け、不屈の精神で黒髭の紳士の要求に耐えた。例えば「かつてタラの地獄に響いた竪琴」（The Harp that Once Through Tara's Hells）(2)というようなあるまじき誤植があると、彼は責任を感じて、丘を駆け登り自分の凍える部屋へ戻り、全部最初から組版をやり直す以外にはなかった。二フラン五〇は、まさしく二フラン五〇だった。ビジネスマンなら誰でも、時計のように当てにできる、わずかな規則正しい秩序による慰めの有難さを知っている。

だが、ある日、黒髭の紳士はいなかった。「ああ、あの人は他界した。三日前に出血して亡くなった」。私は小さな男の子が、彼の死を特別悲しんだかどうか知らないが、あの二フラン五〇サンチームを失うのは衝撃だった。小さな男の子は心配したが、やがて黒髭の紳士に代わる後継者の婦人が見つかった。彼女はとても親切な婦人だった。その婦人なら、どんな刷り方でもかまわなかった。アメリカ人が言うように「うまくやりおおせる」（'get away with it'）のである。しかし、彼女は陽気な性格で、落着きを欠いていた。彼女は約束をはっきり覚えていなくて、気落ちさせるような言い方で迎えるのだった。「あら、いやだ」。小さな男の子が現れるとそういうのである。そして不快きわまる衆人環視のもとで、彼に接吻（せっぷん）すると言ってきかなかった。それに品位のない性格で、しばしば手書きのペンとインクで修正を施し、プログラムを台無しにした。彼女と較べて、小さな男の子は黒髭の紳士をほとんど哀惜の気持ちで思い返した。

こうして二冬が過ぎ去ったが、この間受けた教育はあまり重要ではなかった。プロシアの士官は有難いことに亡くなって、小さな男の子をその後のドイツ語の勉強から解放した。その勉強について彼が今でも覚えていることは、あのポケットナイフとプロシアの士官の親指の感触だけである。それから彼はイングランドの全寮制の学校に遣られたが、より正確に言えば、半ダースばかりの寮生を受け入れる個人的なチューターに預けられたのだった。

時は過ぎ去り、出版は想い出となった。それから長い夏の休暇の間に、今やずっと大きくなり、成長した小さな男の子はスコットランドのキンガシーの家族の許に帰った。印刷機がそこにあり、仕事が熱心に再開された。この方面の継父の上達振りは、男の子のラテン語の学習をはるかに上回っていて、「彫刻刀とペン」（'The Graver and the Pen'）のための版画と詩を用意していた。

しかし、印刷機が壊れ、それを修復するための試みはむなしく役立たなかった。その後しばらくしてから、愛想のよい老人が、きわめて小さな雑貨店の背後に印刷機を持っていることが分かった。ここで「彫刻刀とペン」は今ではほとんど完璧過ぎると思えるほどの状態で印刷された。お人好しの老人は、あまりにもお人好し過ぎた。彼はあまりにも多くのことを自分で引き受けたが、その印刷機の使用料は、ほんのわずかしか支払われていなかった。初版一〇〇部が印刷され、売れた部数はほとんどなかった。小さな男の子は、かなり大きな少年になっていたので、小遣い稼ぎを恥ずかしく思った。彼は六ペンスとか九ペンスのもうけを、簡単に他人から得るような年齢ではもうなかった。

新しい生活基準が、徐々に形成されようとしていた。それで彼は継父が、「彫刻刀とペン」を地位と名誉のある人々に頒布したことを喜んだ。

実際、「彫刻刀とペン」はオズボーン合同会社の最後の出版だった。「海賊と薬剤師」（'The Pirate and Apothecary'）が企画され、そのための素晴らしい図版三枚が彫られた。だが、この作品は、タイプライターで得られるような日の目を見なかった。「施工主の運命」（'The Builder's Doom'）は今日まで草稿のままだった。この作品のイラストとして、挿絵も図版も描かれることはなかった。これがかつて栄えた事業の最終的な衰退を印すことになったが、その事業は盛んな時には、それを必要とする哀れな多くの人々に笑い声をもたらしたのだった。

ロイド・オズボーン

【訳注】

（1）Trofolgar's Bay ではなく、Trafolgar's Bay が正しい。

（2）「かつてタラの地獄に響いた竪琴」：「地獄」（Hells）ではなく「宴会場」（Halls）が正しい。伝説上、タラは丘の上にあった古代アイルランド君主の王宮。ハープの音色が鳴り響いたとされる。

道徳的な寓意、およびその他の詩

ぼくは違う、およびその他の詩

Ⅰ　ぼくは違う

一パイントのジョッキで
飲むのが好きな人たちがいる
考えるのが好きな人たちがいる
そうでない人たちもいる。

濃厚なオランダチーズ
オールド・ケンタッキー・ライウイスキー
だけど、ぼくはいらない。

ポーが好きな人たち(1)
スコットが好きな人たち(2)

ストー夫人が好きな人たちがいる(3)
　そうでない人たちもいる。

笑うのが好きな人たちがいる
泣くのが好きな人たちがいる
からかうのが好きな人たちがいる
　だけど、ぼくはそうじゃない。

（1）ポー：Edgar Allan Poe（1809-1849）アメリカの小説家・詩人。短編小説『アッシャー家の崩壊』『黒猫』など。

（2）スコット：Sir Walter Scott（1771-1832）スコットランドの詩人・小説家。物語詩『湖上の美人』、歴史小説『アイヴァンホー』など。

（3）ストー夫人：Harriet Beecher Stowe（1811-1896）アメリカの女流作家。黒人奴隷の生活を描く小説『アンクル・トムの小屋』など。

II

ここに、まさしくお望み通り
大皿ではなくて
　　ただの木製の皿を
ぼくらは提供しよう。
本ではない本
見たところ小冊子
　　だけど、それは問題じゃない。

まごついてぼくは告白する、
五月の花々に較べると
　　冬の霜のようだ、と

ぼくの詩的熱情のままに
少しばかりの頁
　そして小さな印刷屋。

Ⅲ

水夫たちが海上で
歌い踊りながら
朝のそよ風の彼方
空の下の小さな島に気づくように
また乾ききったアラビアの
砂漠の上で
駱駝(らくだ)があえぎながら鳴き叫ぶ
雨もようの臭いを感じ取った時のように。

地上のあらゆる物が
共通の法則に従う。

そして希少価値のあるものは
腕と腕を組んで通り過ぎていく。
そして今もそうなのだ
印刷屋と詩人は[1]
印刷機のないダヴォスで、祈り求める
自分たちの六ペンスの報酬を。

（1）印刷屋と詩人：ロイド・オズボーンとスティーヴンソン。

Ⅳ

ここに提出する小冊子は
徒弟奉公に出されない印刷屋と
みんなが咎める詩人によって
計画され印刷された。

作者と印刷屋は
様々な種類の技術を駆使し
これを冬の間に作り上げた
ダヴォスの山中で。

夜遅くまで蠟燭（ろうそく）の火が灯され

いまや本が出来上がった——
上質の用紙をご覧
完璧な活字を見たまえ。

道徳的な寓意　Ⅰ

I

印刷された子どもたちの様子をご覧
綴じられたこの本の中に何があるか見れば分かるだろう。
ああ、これら可愛い子どもたちのように
君たちもこの書物を手にして使って欲しい。
そして君たちの目がこれらの版画に
無垢な熱心さで開いたり閉じたりしているあいだに
読者よ、君たちの不滅の精神が
これらの賢明な教訓に閉ざされることがないように。

道徳的な寓意 I

Ⅱ

読者よ、見れば精神が高揚する
ぼくが彫刻したこの素敵な版画を
街道の脇で物乞いが徒(あだ)な望みを抱いて
「おめぐみください」と哀れな声で頼んでいる。
見てごらん、伊達男は無骨者の切なる願いなど相手にせず
軽蔑の眼差しを投げかけて
足取り軽く通り過ぎていく。
伊達男は貧しい者から顔を逸らすが……
自分が死を迎える時、このことを悔いるだろう。

道徳的な寓意 I

Ⅲ　ダリエン地峡の頂上(1)

人跡未踏の土地で四方を眺め渡し
冒険家コルテスが立っているのをご覧(2)。
頭上の大空には、鷲（わし）が日毎の餌を求めている。
なんと適切に事物が事物に応えることか
英雄たちと鷲たち、山々と天空
肥った奴隷を卑しむ者たちよ
この寓意画をご覧、そして勇敢であれ。

（1）ダリエン地峡：南米コロンビアのチョコ県と中央アメリカ南部パナマのダリエン県に拡がる地方。
（2）コルテス（Hernando Cortés, 1485-1547）：スペインのメキシコ征服者。

道徳的な寓意 I

Ⅳ

ご覧、巨大な恐ろしい象が気まぐれに
喇叭（らっぱ）のような声を出して
まるでネクタイのような鼻を動かし
あそこにいるひとりの男の帽子をからめ取ってしまう
遠くで聖なる朱鷺（とき）は男が
大胆にも逆らうのを見て喜ぶ。

道徳的な寓意 I

V

反対側のページの画像を見たまえ
激しい怒りがどんな不幸な結果をもたらすかを
一人の男（それは君か、あるいはぼくかもしれない）が
もう一人の男を海に突き落とす。
哀れな奴だ、無分別な行いが
自分のこれからの喜びをすっかり台無しにしてしまう
そして晩酌のトディを楽しめないことになる[1]
あの屠（ほふ）られた体のことを考えて。

（1）トディ：ウイスキーやブランデーなどに砂糖、レモン、シナモンなどを加え、水で割った飲み物。

道徳的な寓意 I

道徳的な寓意　II

I

風上の暴風、風下の大荒れにもかかわらず
揺れ動く小舟が海に乗り出していく。
強風のなかで孤独な頑固者は
凄まじい眺めの前でたじろぐ。
けれども舟は、空が真っ黒なのに
かまわず右舷開きで面舵(おもかじ)を取る。
だけど、これはどうしたことか。きょう舟は沈没するが
それでも印刷屋のインクでは、安全に航行する
そしてきょう水夫たちは溺れるが
ぼくの版画は彼らの記憶を伝える。

道徳的な寓意 II

Ⅱ

太公望が、注意深く一隅を選んだ
朝早く百合の花咲く小川のそばに。
昼の間ずっと釣り竿を動かしていた
そのロマンチックな河岸のそばで。
やがて夕方の時間が傾き
物静かに彼は家路につき夕食を取る。
そして敬虔な祈りのことばをつぶやくと
腹いっぱい魚を詰め込むのだ。

道徳的な寓意 II

Ⅲ

大修道院長が散歩に出かけた
裕福な聖職者で、恰幅（かっぷく）がいい
ところが、ロビンがこの大修道院長を槍で突き刺した
赤い服の猟師が鹿を突くように。
槍を投げ、それがジャヴェルにせよジャヴェリンにせよ[1]
見ての通り、まともに命中したのだ。
読者よ、この武器が彼の背中の真ん中をまともに
音を立てて貫くのが聞こえるだろう。
さあこれで分かるはずだ、大修道院長は
森の中へ散歩になど、出かけてはいけないということが。

（1）ジャヴェル、ジャヴェリン：投げ槍の一種。

Ⅳ

凍てついた山頂を、彼はかつて探検した
だが、いまや滑り落ちて死んでしまった。
家にいた方がどれほどよかったことか
家政婦（パーラー・メイド）にかしずかれ、
暖炉の前で膝を温めていられたのに
みんなが引き下がる時間になるまで。
だから、きみが人に迷惑を掛けたくないなら
仕事目的以外のことはしない方がよい。

道徳的な寓意 Ⅱ

V

働き者の海賊！　ご覧、彼が隈なく
大海の荒涼とした海原を
見渡している様子を
日毎、水平線をじっと見つめているのだ
はるかハッテラス島やマタパン岬からこちらまで。[1]
間違いなく、この海賊は年老いるまでに
うなるほどの大金を手に入れることだろう
それから彼はあらゆる労苦から退いて
隣人たちに尊敬されるだろう。
君も人生の水平線を見渡すことだ
自分の出くわすすべてのことに対して。

(1)ハッテラス島やマタパン岬：「ハッテラス島」は米国ノースカロライナ州沖合にある島の一つ。「マタパン岬」はギリシャ南部、ラコニア県最南端の岬。

鉛の兵隊たちのための軍事的哀悼歌

鉛の兵隊たちのための軍事的哀悼歌(1)

最近亡くなったある兵士たちのために
ぼくらの心からの葬送歌がここで歌われる。
軍隊の統率者が彼らを召集したとき
誰一人怖がるような臆病者はいない。
鉛の心臓、鉛のかかと
彼らが戦場でぐらつくことなく戦うのをぼくは見た。
陰惨にも死神は敵に取りついた
そして鉛の英雄を一人残らずやっつけた。
彼らは誇らしくそれぞれ死に赴いた
恐るべき豆の砲弾がこの仕事を成し遂げたのだ。
ああ、彼らのために涙を流さないでくれ

彼らは死と同質の鉛なのだ
だが、彼らが平然と眠りについているあいだ
ぼくらは親愛なる隊長のために哀悼する
というのも隊長は、ポケットも心も
傷ついているからだ
隊長は英雄たちの流血を見て
さらに多くの英雄たちを買うための
一シリングもないからだ。

（1）鉛の兵隊たち：スティーヴンソンの継息子オズボーンは、玩具の印刷機を持っていた。印刷機で使用する一本一本の活字の母型を「鉛の兵隊」と呼んでいる。

彫刻刀とペン、
あるいは自然の情景とそれにふさわしい詩歌

Ⅰ　緒　言

普通の人たちと違って
　ぼくには二刀流で人々を楽しませる力がある
彫刻刀とペンを使うのだ
　両方とも性に合っていて、どちらもたやすく扱える。

優れた仲間と共にぼくは描く
　多種多芸の美術のモデルたちを
そしてぼくの扱うすべての者たちが
　売り手の市場にうなるほどのお金をかせぐ。

だから朝の時間帯には牧草地や

森林や小川などは、詩の女神が導くままに
ぼくがさまようのを見ることだろう――
また、夕方、家に帰る様子を見ることだろう。

二人の未婚の叔母たちのような二人の詩の女神たち
彫刻のミューズと詩歌のミューズは
ぼくのお気に入りの散歩道を通って、どこまでもついて来る
露の滴る人知れぬ辺鄙(へんぴ)なところを。

それぞれ案内し励ましながら、お伴してくれる
それぞれぼくの急ぎの仕事を速めてくれる
一人はぼくの彫版に情熱の火を焚きつけ
もう一人はぼくの歌に魔法を吹き込む。

Ⅱ　危うい粉挽き場

小川の上にぽつんと一軒建っている
　鉄壁の丘の上に
逆様に引っくり返り、がたがたになりそうだ
　それでもこの粉挽き場に住んでいる。

だけどギーギー水車場が、一しきりかせぐための仕事をしながら
うなり声を挙げている
一日中、粉屋は青い顔をして聞いている
　轟(とどろ)く水車の音を。

粉屋の親爺は川の水が、激しく急降下する轟音を聞く

怒った暴徒が怒鳴り声を挙げるような音だ。
彼は堅固な建物の震動を感じる
　頑丈なはずの材木がうめき声を上げている。

夜通し暖炉のそばで、彼はびくびくしながら縮こまっている
　彼は垂木がきしるのを聞いている
ああ、どうして彼はまともな家に住まないんだ
　世間並みの人たちのように。

床が斜めに傾いていることに、彼は気づいている
　ドアはどれもこれも半開きだ
頭上の掛け鉤（かぎ）からは
　どのハムもひん曲がって揺れ動いている。

「ああ」と彼は叫び声を上げ、首を横に振る
「何もかも悪い兆しが見えている
遅かれ速かれひどい目にあいそうだ
この自分の土地もろともに」

Ⅲ　論争好きの松の木

一番目の松が二番目の松に言った
「ぼくの葉は黒く、枝は赤い
ぼくは自分のこの荒野に立っている
神さびた、打ち負かされることのない松だ」

二番目の松は「ふふん」と鼻を鳴らして答えた。
「ああ、そうかい。ぼくも君に負けない良い松だ」

「無作法な木だな」最初の松が答えた
「嵐がぼくの大枝で叫び声を上げたこともある
狩人がぼくの木陰で昼寝をしたことも

君が生まれるよりも百年前の話だ」
二番目の松は笑いながら答えた
「君が燃やされる時にも、ぼくはここにいるよ」

こうして言い争いは、両者の間で続いた
お互いにしかめ面をして相手に向かった。

近くの土手から貂(てん)の群れが揺れ動きながら[1]
飛ぶように走るのを、二本の松は目にとめた
しばらくその行く方を、松たちは見守っていた。そして
　それから
二本の松はうなずきを交わし、また眠りに就いた。

（1）貂：イタチ科の哺乳動物。

Ⅳ　放浪者たち

もう十分長い一日に耐えた
すなわち太陽神アポロ・パリヌルド王は(1)
海に向かって息を切らす彼の艦隊を操舵し
その最後の輝きを地上に投げかける。

だが見よ、疲れ切った眼差しで放浪者たちは
定められた行く手を目にする。
山や丘を越え、彼らは長い道のりをやって来た
山の小川のほとりでの野宿も長かった
それも終わりだ。いまや希望の黎明(れいめい)と共に
なだらかな丘の斜面で彼らは休む

そして彼らの痛む骨を休ませるとき
彼らの気遣わしげな隊長は西方をじっと見つめる。
こうしてアラリック一世はアルプスで一息つくと[2]
ローマの戦利品を数え上げた。

（1）太陽神アポロ・パリヌルド王：太陽の擬人化。
（2）アラリック一世：西ゴート族の王（在位三九五―四一〇）。イタリアへ侵入しローマを略奪した。

V　無謀な地理学者

あたりは何マイルも荒涼とした砂漠
小川のせせらぎだけが唯一の物音――
労苦と成果のすべてに倦(う)み疲れ
旅人は缶詰の肉で食事を摂る
缶詰の肉ととっておきの葡萄酒だ
賢明ではないが、ディナーとしてはりっぱなものだ。

まだらの虎が大きな声で吠えるかもしれない
空中に舞う禿鷹(はげたか)が高く飛んでいるかもしれない
ああ、これらすべてのことにお構いなく
やがて夕日に染まる飽食の男は大の字に腹這うことだろう――

やがて荒野の静まり返った安らぎのなかで
彼の鼻は轟くような鼾（いびき）をかき始めることだろう
ああ、無謀だ。その鼻の歌声は
雪豹のためのご馳走の合図となる。

図版には傷口が現れている
ああ、血と涙の両方を流すことになった
彫版師は一瞥すると顔をそむけた
芸術家の命の潮が激しく流れた
そしていまや詩人は申し訳なさそうに
豹の舌鼓（したつづみ）を許すことになる。

Ⅵ　太公望と道化

ここに君が見るのは響きを返す橋
流れる滝壺、ざわめく木々
町から訪れたばかりの熱心な釣師――
上で見ているのは、冷やかし顔の道化だ。
釣師は釣り糸と釣り竿をあちこち動かす
上にいる杣人（そまびと）は何度も頷きながら立っている――
何度も頷き、何度もにやにや笑い
田舎者は釣師が自分の釣り具を投げ入れるのを見る。
「何が取れたかね」百姓は叫ぶ。

「何もまだ」愚者は答える。

道徳的な物語

I　ロビンとベン：あるいは海賊と薬剤師

さあ、注意して聞きたまえ
教訓となる驚くべき話がある
海賊ロブと薬剤師ベンについて[1]
そして二人の運命の転変について。

緑濃き渓谷の奥深く
ウェールズの海岸の近くに位置して
波打つ大海がわずかに見えるところに
ロビンとベンは共に育った
共に学び、共にふざけて遊んだ
日曜学校が苦手だったのも同じ

海賊と薬剤師：第１場面

お互いに若い相手の鼻を引っ張りあった[2]
小屋のまわりや野薔薇のなかで。

一緒にいたが、育ち方は異なった
ロビンは荒くれ者で、どこまでも大胆
後先を顧みず、男らしかった

たとえば歴史に名高いブルースやスタンリーのように。[3]
ベンはさもしい卑屈な子どもだった
おおっぴらに盗むことはなかったが
ひそかにくすねることがよくあった。
彼は日曜日、聖歌隊で歌をうたい
郷紳(スクワイア)に出会うとおだやかに帽子を脱いだ。

ついに束縛に我慢できなくなり——

野生のビチュニアの駱駝のように激しく(4)
野生のオジロワシのように激しく――ボブは(5)
寡婦の母親から有無を言わせず金を奪い取り
こうして正真正銘の奇抜さで
自分の本性を発揮することになった。
その時から恐怖に付きまとわれながら
星月夜、逃げて走った
そして夜明けのそよ風のなかで
見よ、青い海が彼を迎えた。
貿易商の伊達男の支配人が
一杯のブランデーでロビンを雇った
そして故郷の幸せな山や丘はすべて
海原の彼方に消え失せた。

一方ベンは、薄っぺらな考えの持ち主で
尊敬すべき司祭に仕えていた
けれどもついに、妖精のささやきがあった。
ベンは目を開いて息を止め
ささやかれたことばが死ぬほど気に入り
薬剤師の徒弟になった。

それでロビンが海上を漂泊している間に
成りたての薬屋ベンは陸にいて
物知り顔に店頭で商いをした。
クスリには水を混ぜ、髪は油で整え
不用心な者たちに助言をした
ずる賢いすべての薬剤師のように。

一方、はるか遠く海上では
勇敢なロビンが戦いのさ中にあった
ほかの真っ黒な命知らずの荒くれどもと共に
バルバドスの海域一帯で。[6]
彼が臆病風に吹かれることは微塵もなかった
彼の声は歓声の中に轟いた
大檣（たいしょう）の上檣の高みから
こそこそ隠れている商船の乗組員を
最初に見つけるのはロビン――
最初に甲板に駆け上がるのも彼
最後に沈みゆく難破船を去るのは彼。
彼の手は鋼鉄、彼のことばは掟だった
仲間たちは畏れの眼差しで彼を見た。
すべての海賊稼業で、彼ほど尊敬を集めた

者はいなかった。

ついに不安定な辛苦の年月のあと
恐れを知らぬロビンは産土(うぶすな)の地を求めた
賢明に物事を取決め
彼は生まれ故郷の谷間に帰るのだ。
ブリストルの「つばめ」号が彼を降ろす[7]
忘れもしない田舎町の近くに。
彼は溜息をつき、唾を吐いて、その場景を認め
誇り高く彼は村の牧草地へ踏み込む
そしてけちな考えや怨恨から解き放たれ
「王冠と錨」亭に宿を取る。

かくも強大でずば抜けた男が

海賊と薬剤師：第２場面

自分のふるさとの地を再び踏むのは奇妙なことだ。
さもしい薄のろたちが、なんとなく彼を煙たがる
素振りを見せるのは奇妙なことだ。

彼のぴったりしたズボン、彼の真っ黒な帽子
彼の悪態のつき方、彼の唾の吐き方は
一種の気取りがあり、様になっていた
海賊船の旗のような脅しとなって――
万事がここではそぐわない何かがあった――
何か、つまり野蛮というのではなく、がさつというべきか
これを何というかはどうであれ、少なくとも何か
ロビンをその辺一帯で厄介者にするようなところがあった。

彼の自尊心は傷ついた。高慢にむっつりとして

独り座ってラム酒をがぶ飲みした
そして人間嫌いが高じたが
ある時薬屋のベンに出くわした。
その時間は明るく、その日は輝いていて
お互いにお互いの道が交差した。
彼らはお互いに挨拶を交わして喜び
それぞれの素性を明らかにするのに長くかかった。
蒸し暑い天候の旅籠屋(はたごや)の前で
彼らはあれこれと共に話した。
ベンは徒弟奉公の話をした
そしてロブは自分の冒険について語った。
最後に最も重大な到達点として
二人は自分たちの生活状況を較べた
そしてロビンは誇らしげな船乗りのように

相手の身なりをこき下ろした。

「どうだ」彼は語った。「羨ましくないか
俺のようなこんな拳（こぶし）の持ち主を。
髭を生やし、指輪を着けて、大きな褐色の体
おれはすわってスティンゴをぐいと飲み干す。[8]
おれの頭陀袋（ずだぶくろ）に、金貨がじゃらじゃら鳴っているのが聞こえるかね――
ぜんぶ海賊旗（ジョリー・フラッグ）のもとでかせいだ金だ[9]」

ベンは道徳的に解釈して、頭を横に振った
「君は放浪してかせぎ、日々のパンを得る。
敵がいると分かれば、打ちのめすか打ち返され
それでともかくも食いつなぐというわけだ。
どれほど相手とやり合っても、その挙句の果て

得られるもうけは驚くほどわずかだ。
この地を離れることなく
薬剤師の徒弟になった方がずっとよい。
陸地のおとなしい略奪者は
安全に糧を得て安眠でき、懐（ふところ）に入れるのは
赤ら顔の屈強の流浪者よりも多い
海上の荒くれどもは危険と隣り合わせて
金銀（ファージング）を強奪するのだが。
君は船上でギニー金貨をがちゃつかせるが
ぼくのお金は幾つかの銀行に貯えてある。
君は蓄えを十本の指で数える。
君はサラやブリジェットなど
女たちを追いかけ、かっこいいところを見せる
君はへべれけになるまで飲んで

振顫譫妄症(しんせんせんもうしょう)になってもかまわない。
君の全財産はただの船乗りのものと変わらない。
君の友だちの学童仲間を見たまえ
まもなくトレヴァニオン嬢と結ばれる
（柔肌で、気品があり、ふくよかで花のようだ。
持参金としてどれほどの土地を持ってくることか――）
見たまえ、ぼくは果報者ではないかね。
ぼくの手を、ぼくの顔を見たまえ
ぼくの服装の生地を見たまえ
そっくり全部、ぼくを試してみるといい
公平に言って、認めることだ
ぼくが人生から得たものは君よりも多い。
だけど、命を賭けて求めることはなかった
鞘(さや)のないナイフを見ただけで震えてしまう

それで危ない海には、いつも近づかなかった
そして何が起こるにせよ、陸を離れなかった
ぼくには黄金はなく、大理石の砕石所もなかった
ぼくは貧しい薬剤師だった
けれども三八歳になってここに立っている
地位の確かな人物として――」

「ああ」ロビンは答えた。「そうかい、それはどうしてだ」
微笑(ほほえ)みを浮かべながら、薬剤師は自分の額を軽くたたいた。
「ボブ」と彼は答えた。「活動的なこの頭が
絶えず働き、しきりに儲けを求めるんだ。
夜も昼も、自分の意志通り
火薬工場のように働きを止めない

そして世の中のからくりに注目して
ぼくの頭脳は窃盗の理論を編み出した。
正と不正の鍵はここにある
盗むのは少しだけ、だけど一日中盗むことだ
そしてこの貴重な策略が
『正直正太夫』と呼ばれるものの正体というわけさ。
丸薬医師（ドクター・ピル）に初めて仕えてから
ぼくの手はいつも勘定台にあった。

いまや自分自身が主人となり
ぼくの儲けはさらに容易で速くなった。
つまりこんな風だ、水曜日、ある乙女が
売薬を求めてやって来た。
この娘の母親は農夫の妻で

海賊と薬剤師：第３場面

助かるための薬を求めていた。
『ああ、お嬢ちゃん、すぐにお渡ししますよ』
ぼくはこの娘の頭を撫ぜて言った。
『かわい子ちゃん、待っててね』
そして、瓶に水を満たしてやった」

「ははあ、それで母親は？」ロビンは叫んだ。

「ああ、母親かね」ベンは言った――「彼女は死んだと思うよ」

「戦いと流血、死と病が
汚れた熱帯の海にはある――
そこにいるのは食い戻して嚙む鮫（さめ）――
流された血を外に吐き出すおぞましい甲板排水口――

ほったらかしの死者たち、回帰線の太陽——
轟く人殺しの銃砲——
残忍な乗組員——船長の罵り——
荒れ狂う嵐はますますひどくなる——
ぼくが知っているのはこれらのことだ
これらのことに耐えることだ
けれども君は——ぼくの手には負えない」

いきなり抜かれた反身の剣が振り下ろされ、ベンは
そこにそのとき、死んで朽ち果てる身となった。

（1）「ロブ」（Rob）：「ロビン」（Robin）の縮小形。
（2）「鼻を引っ張りあった」（pulled each other's noses）：①子ども同士の悪戯（いたずら）、②相手の注意を引く
時の行為——などの意。

（3）ブルース（James Bruce, 1730-1794）：スコットランドの探検家。青ナイルの水源を発見した。
（4）スタンリー（Sir Henry Morton Stanley, 1841-1904）：イギリス生まれ、アメリカの新聞記者・探検家。アフリカで行方不明のリヴィングストンの探索に出掛け、一八七一年、タンガニカ湖畔ウジジで邂逅した。
（4）ビチュニア：小アジア北西部。黒海に接する古代の王国。
（5）オジロワシ：尾白鷲。魚類、鳥類を常食とする。
（6）バルバドス：東カリブ海、西インド諸島南東の島。
（7）ブリストル：イングランド南西部の港湾都市。かつてのエイヴォン州の州都。
（8）スティンゴ：強いビール。
（9）「海賊旗」（the Jolly Flag）：the Jolly Roger とも呼ばれ、黒地に頭蓋骨と交差させた二本の大腿骨を白く染め抜いたもの。

Ⅱ　施工主の運命

一八二〇年、ディーコン・シン（痩軀助祭）は
土地について争い、それを囲い込んだ
そして広く所有地として確保した
町から八分の一マイル離れた所に。

遅かれ早かれ仕事は進んだ。
二輪荷車は夜明け前から運ばれていた
石工は口笛を吹き、人足は口ずさんだ
遅かれ早かれ移植鏝（ごて）が鳴り響いた
そしてディーコン・シン自身、来る日も来る日もやって来た
あちこち仕事の進捗を促すために。

すべての地元の建設業者たちのなかでも
頭の切れるやり手の施工主(ビルダー)は
ディーコン・シンと同じくその現場にいて
煉瓦(れんが)やモルタルを整えるとか
あるいは木摺の板と漆喰(しっくい)を取り替えることで
はした金のピアスタをせしめるために[1]
そこにいるのだった。
設計図と二フィートの定規を手に持って
彼は棟梁のそばに自分の位置を定め
荒々しい怒鳴り声と鷹のような目つきで
余分な経費を抑えつけるのだ。
煉瓦を節約し、ギルダー貨を貪欲に稼ぐ点で
彼は建築業者たちの中で抜け目のない
ボナパルト的人物だった。[2]

棟梁は意気消沈するタイプで
あれこれの不具合についてぶつぶつ言った
「確かなところ――こう言ってよければ――
中心区画のこちらの煉瓦は、憚りながら……」
施工主は目をむき、喉を鳴らして、睨みつけた
棟梁の意見には聞く耳を持たなかった。
ディーコン・シンもおべっかつかいたちの間で
ウェスリー派の堅物の意見には耳をかさなかった。[3]

「金銭（かね）は金銭だ」施工主は言った。
三日月形（クレッセント）家並は三日月形（クレッセント）家並、商売は商売だ。
エジプト王（ファラオ）や皇帝（エンペラー）たちは時宜を得て
様々な理由で建てた、とわしは信じる――

慈善、栄光、信心、誇り――
人々に支払うために、花嫁を喜ばせるために
採掘石を使うために、隣人たちを困らせるために
その労働で儲けるためではなく。
奴らは啓発のために、あるいは当惑させるために建てた
わしは施工主だから建てる。
三日月形家並や街路や広場を、わしは建てる
漆喰を塗り、塗料を塗り、鑿(のみ)で刻み、金メッキを施す。
市街区一帯にそれらの建造物が建つのを見るがいい
わしの造形の手が生み出すこれらの偉業だ
壁は膨張し、床は沈下し
ドアは開かず使い物にならない
どこもかしこもがたが来ていて、もろくなっている
深奥部まで腐っている。

お人好しの居住者は
落下する窓のブラインドで死ぬことだろう
排水管での死、蛇口での死
致命的なトイレでの死！
みんなが亡くなるための日は決まっている
ケイヴィアット・エンプター、誰がかまうものか。[4]

竪琴の名手アムピーオーンの旋律豊かな楽器に合わせて
古代ギリシャの都市テーベが建ち上がった、それを取り巻く塔と共に。[5]
魔術師が振り回す魔法の杖の一振りで
夢見る尖塔の宮殿が砂を切り開いた
ディーコン・シンの金（かね）には糸目をつけぬ負担のおかげで
あのまぼろしの三日月形の工事は進行し続けた
教会の真鍮の鐘が教区書記や牧師たちに

彼らの定位置に来るように初めて鳴り響いたとき
教派を問わず、すべての礼拝者たちが
すでに畏敬の念をもってそれを眺めていた
二週目の日曜日が来る前に
屋根の工事が音を立てて進んだ
そして四週目になったとき、見よ
三日月形家並が出来上がり、塗料を塗られ、売却された。

星はその軌道を巡り
大自然は破壊的な力を持って
時もまた鉄のような歯と筋骨を持ち
こうしてすべてを貪り食らう年月が経過した。
王朝が興ったり、没落したりした。
しかし三日月形は

現状を維持できず、いまや老朽化がさらに進んで
木舞(ラス)の漆喰塗りの骨組みが
怒りの日を待ち望んでいるようだった。
真夜中、うめき声を出す梁材が
まどろむ者に耳ざわりな音を立てるだろう
そしてドドーナの話しかけるオークが[6]
神託や審判について語ったように。
鍵盤を打つ音楽に合わせて
子どもたちが軽やかに足を踏むとき
デカンターのそばでうつらうつらしていた親爺は
夢の中の出来事にはっとして目をさます。
腐った煉瓦が朽ちた塵となり
鉄は錆に侵蝕された
疲弊し歪んだ館が

一個の傾斜状態で宙吊りになっていた。

かくて四〇年、五〇年、六〇年が経った
ついに七〇年になったとき
三番地の居住者が七〇周年記念祭を催すために
友人たちを招待した。
その夜は荒れていた。攻撃の拷問台が
月を背中に乗せていた
凪は海軍の軍歌を吹き鳴らした
そして瓦斯灯（ガスとう）が、町の到る所でまばたいていた。
明かりが輝くその館の中では
肥満した大食漢たちが、がつがつと貪り食らい
陽気な叫び声、ざわめき、騒がしい音などがつづき
荒れ狂う嵐を完全に圧倒していた。

たえず湿った唇を指でさわりながら
警官が饗宴を羨ましく思いながら巡回していた
地獄のような嵐ははるか遠くから速度を速め
寝ているその土地の住民を揺さぶり起こした
木々を引き裂き、船を舞い上がらせた
警官は巡回しつつ、唇を舐めた。
おや、館の中は静まり返った。主人役が
今宵の乾杯の辞を短く述べた
ほらご覧、人々の唇の乾きを待たず
ディーコン・シンがそれに応えて立ち上がった。
「かつて私がここに建てたこの館には
壁紙が張られ、塗料を施され、彫りつけられ、金色に塗られ
それで私は七五パーセントの満足を得ました
ここに集まったこの近く一帯の委員会の愉快な皆さん

私は自分の仕事の成果を得ることができます
日々の仕事のおかげでした——それ以上のことも申しましょう
過ぎし日の古き良き仕事が実を結びました。
施工主は日夜を問わず働きました
彼はどの煉瓦も適正であるように見守りました
良心的な大工たちが最善を尽くしました
そして大きな館が建ちました——ピラミッドのように。
これが日々の成果だ、と市長もご存じです
四〇の街路と三日月形家並が建ちました
私の創造的な頭脳の結実です
すべてほぼ設計図通り
すっきりとした、便利のよい、手頃で、無駄のない
見た目に快い完璧な楽しみです。
これこそ田園地帯にふさわしい町づくりです

堅固な木摺やモルタルはそのままです。
要するに、私は単独の立案者であり——
実にこの市の後援者であります。
当時から、ああ、物品も品名も
粗悪なものが海外から入ってきました——
目を欺くような粗悪なもので
そんなものを使えば
施工主と出会って赤面することでしょう
骨組みでも設備でも、このすばらしい建物が
ほんの少しでもあの恥ずべき粗悪な
混ぜ物を入れていれば
私たちは今日トディの調合飲料を
提供することなどできるでしょうか。
あるいはこの永遠の垂木の下で

楽しく歌と笑いの集いを
持つことなどできるでしょうか
そんなことなど、あり得ないのです」
ディーコン・シンは叫んだ。

　　　　　その豪邸は
いつのまにか膨らみを増していた。
年貢の納め時となり、その家屋は破滅に瀕していた
腐朽した構造がきしきし音を立てていた。

一瞬、客たちは沈黙し
ディナー・ジャケットを着たまま
蒼ざめて座っていた。
さらに一瞬、土台も柱材ももろともに

豪邸になだれ落ちた
階段が階段に、床が床に重なり
屋根も壁も窓も、小梁(こばり)もドアも
死の重みの忌まわしい災害の下敷きとなり
木摺も漆喰も崩落に襲われた。

シロアムの池は罪人を選ばなかった——[7]
晩餐会にいたのは建築業者たちだけではなかった。

(1) ピアスタ：百分の一ポンド。
(2) ボナパルト的人物：策略を用いて、利益や成果を奪い取るような人物。
(3) ウェスリー派：メソジスト派。
(4) ケイヴィアット・エンプター：「買手の危険持ち」(ラテン語。英語では Let the buyer beware.)
(5) アムピーオーン：ギリシャ神話で竪琴の名手。テーベの市壁を築いた。彼の奏でる竪琴の音に合わせて石が自ずと動き、市壁になったという。

(6)ドドーナ：古代ギリシャ西部エーペイロスにあった神託所。一本のオーク(樫)の葉のそよぐ音によって、神官や巫女が取るべき正しい行動について神託を判断した。

(7)シロアムの池：エルサレムにある池。イエス・キリストがこの池で盲人の目を癒したとされる。

素顔のR・L・S・

ロイド・オズボーン 著
広本勝也 訳

二六歳のスティーヴンソン

ぼくが初めてロバート・ルイス・スティーヴンソンに会ったのは、グレ＝シュル＝ロワン[1]の古い居酒屋だった。ぼくは八歳で、くしゃくしゃ髪の裸足の子どもで、地域の芸術家たちには「魚ちゃん」（Pettifish）と呼ばれていた。ぼくはコースメニューの長いテーブルに座っていたが、まもなく到着する人物のことで大騒ぎになっていて、そのすばらしいニュースにかき消されて、ぼくが注目されることはなかった。

けれども食事の後、みんな揃ってシガレット号とアレトゥーサ号――「内陸の航海」を終えたばかりの二艘のカヌー――を見るために河岸に降りていったとき、その見知らぬ人物は彼の席にぼくを座らせ、ぼくを楽しませるために小さなマストと帆を立てる労を執ってくれた。ぼくはこんなに大人扱いされたことで大いに気をよくした。ＲＬＳ――つまりスティーヴンソン――は、輝く茶色の目に茶目っ気な光が隠れていたかもしれないが、いつも子どもたちと同じ目線で付き合うようにしていた。それでぼくは内心、彼に対してすぐに高い評価を与えたのだった。

ほかの人たちが話している間、ぼくは黙ってこの人物を評価していた。彼は背が高く痩せ型、淡褐色の髪の毛、小さな金色の口髭、美しい血色のよい顔をしていた。そして、彼はとても陽気で活発だったので、みんなはたえず笑いをこらえずにはいられなかった。彼はイングランドの生徒たちが被っていたような、風変わりな小さな丸い帽子を着けていた。そして白いフランネルのシャツ、ダーク系のズボン、とてもぴったりした靴だった。スティーヴンソンの自慢は両脚がとても形がよいことで、高めの土踏まずと踵(かかと)に長くてほっそりした脚だった。彼がどんなにみすぼらしい服装をしていても、靴の履き方はしゃれていた。ぼくは彼の着こなしにとても感心したことを覚えているが、彼のいとこの「ボブ」の着こなしとは対照的だった。ボブはグレにはスティーヴンソンに先立ってやって来て、ぼくはボブのことをもうかなりよく知っていた。ボブは漁師が着るような、よれよれの青いジャージーの装いで、シャーロック・ホームズでなくても、風景画家だと分かるようなズボンで、少し高級の木靴(サボ)を履いていた。

これらの若者たちは——彼らはあまりいなかったが——「ボヘミアン的な暮らし」の魅力に取りつかれていた。彼らは貧しく軽率で、向こうみずなことを望んでいた。彼らは進んで自分たちが、追放者で反逆者だと主張したいのだった。十分なお小遣いをもらっていたアメリカ人の一人は、古ぼけたフロックコートを着て、トルコ帽を被っていた。また、同じように裕福な家のある者は、いつも高価な指輪をしていて、質入れするのをこの上ない楽しみとしていた。しかし、ある者にとっては、貧困は見せ掛けではなく、耐え難いものだった。貧しい小さなブルーマーが、余分のシャツをまったく持っていなかったのではないか、またそのみすぼらしいシャツに付けるボタンさえなかったのではないか、とぼくは思う。

かつて彼は「服装がきちんとしていない」という理由で、ルクセンブルク美術館への入場を断られたことがある。これは上出来の冗談だと考えられるが、彼のいるところでこの話が語られると、いつもブルーマーの美しい繊細な顔はひるんだ。

尊敬すべき人々や裕福な人々をののしるのは、彼らすべての習慣だった。ＲＬＳの好んだ言い方は「普通の銀行員」で、これは「普通の労働者」というのとほぼ同じ意味だった。「そんなことは、普通の銀行員でもいやがるよ」。「いやがる」というのは彼のもう一つのお気に入りの言い方だった。いい服を着てポケットにお金を持っていて、快適な大きな家に住んでいる連中は、なんだかいやなやつらで、本当に軽蔑に値するという考えがぼくにはあった。彼らは「教養のない俗物」と呼ばれる、よそ者に属する人種であり、自分たちの居場所にいるべきだった。もし彼らのある者がホテル・シヴィリオンに姿を現したら、スズメバチの巣の中に入るようなひどい目にあっただろう。

ＲＬＳは、いつも「野垂れ死にしたい」と言っていた。彼は彼一流のユーモアを駆使して、長々とこのことについて考えていたに違いない。というのも、詳細は忘れてしまったが、白髪の死期に近い人物として彼の姿が、わたしの脳裏に消し難く刻印されているからだ。このことを思うとぼくの胸は痛んだ。普通の銀行員なら、きらめく身の回り品のなかで終焉の時を迎え、忘れられ軽蔑されるだけなのに。しかし、ボブを待ち受けていた悲劇はもっとひどかった。彼はつつましやかな遺産を十等分し、これらを毎年一つずつ使い果たした後で、最後に自殺した。彼が煙草のためのわずかな銅貨を身の回りに置いているのを見たとき、これが命を縮める結果になったのだと思うと、戦慄を禁じ得なかった。

　ぼくはまだ幼かったが、ＲＬＳと母がお互いにとても引かれ合っていることに気付かざるを得なかった。つまり、ほかのみんなが外へ出て忙しそうにしているのに、二人は食堂のストーブの両側に座ったまま、いつまでも話し込んでいるのだった。ぼくは大きくなるにつれて、二人がいつも一緒にいるように仕向け、ちょっと奇妙な子どもっぽいやり方で、このことが自分をとても幸せな気分にさせた。ぼくはラリー・スティーヴンソンに――彼のことをそう呼んでいたのだが、とても親近感を持つようになった。彼はバニヤンの『天路歴程』[2]やスコットの『祖父の物語』[3]などをぼくに読んで聞かせただけでなく、「自分の頭で」思いつくままに話を語るのだった。彼は保護と暖かさの感覚をぼくに与えてくれた。そして、声に出していうのは慎んだが、彼は『祖父の物語』のなかのグレイト・ハートのような人物で、ひそかにぼくは彼のことをそう呼んでいた。

　やがて秋が初冬に入り、ぼくらがパリに戻る頃になって、「ラリーも来るわよ」と母が言ったとき、ぼくは大喜びしたのだった。

二八歳のスティーヴンソン

母がパリを去って、ニューヨークに船出する前の数カ月間をロンドンで過ごしたのは、ぼくが一〇歳の時だった。ＲＬＳはどこかへ出掛けていて、ドーヴァーでぼくたちを迎えてくれたのはいとこの「ボブ」だった。ボブは、チェルシーのランダー街七番地のぼくらの下宿へ連れていってくれた。

それは、みすぼらしい小さな街のみすぼらしい小さな家で、通常、ロンドンの安宿がそうであるように、薄汚れた憂鬱な所だった。しかし、その家の大家ターナーの家族は、すこぶる愉快な人たちだった。ターナー夫人は大柄の陽気な年配女性で、ぼくのことを「かわいいフランス人」と呼び慣わしていて、とてつもないハグをするのだった。ターナー氏はウィリアム・デント・ピットマンの家系の「非嫡出子」だったが、家計に寄与するものとしては、木彫りのためのかんな削りと職業としての「芸術」についての多くの道徳的教訓だけだった。彼はほんとうにとても変わった魅力的な人物で、たぶん考えられている以上の能力が彼にはあるようだった。少なくともその後、彼は比較的裕福になり、かなりの名声も獲得した。

ＲＬＳが帰ってきたとき、ぼくはほんの少し彼が微妙に変化したと感じた。子どもの目にも、彼は自信に満ち成熟して責任感を感じていた。奇麗なブルーのスーツを着て、ダブルのコートに傾けた、新しい硬いフェルト帽という装いにぼくは目を奪われた。彼は「印刷に回すこと」や「締めくくること」や、あれこれの題材についてヘンリー(4)が、「ヤマがほしい」と言っていることなどについて熱心にしゃべり続けた。

彼は今や『ロンドン』誌という新しい週刊誌に関与していて、明らかにその仕事が性に合っていてとても面白いと感じていた。彼はたえずタクシーを乗り回し、ジャーナリズムにはたぶん必要な散財を気に掛けず出掛けていった。彼はこの新しい仕事にすっかり満足していて、熱意と高揚感に満ちていた。

ぼくが注意を向けたのは、彼が携えていた杖だった。一見、それは何ということはない、ただのやや細身の杖だったが、それを持ち上げると、かなりの重さのある鋼鉄製の棍棒(こんぼう)だということが分かった。ＲＬＳは「これが、人が持ち運べる最良の武器だ」と言った。というのも、これは拳銃のようにひとりでに暴発することもなく、刀剣仕込みの杖のように鞘を抜く必要もなかった。「狭い場所ではこれに適うものは何もない」と彼は言った。が、ジャーナリズムの仕事のために、しばしば危険な目に遇うこともあったようだ。彼がその杖を忘れることがよくあったが、そんな時、ぼくは彼が無事に帰れるだろうかと心配だった。

ある夕方、大人になっても相変わらずのはにかみ癖を伴いながら、彼はポケットから原稿を取り出し、「水車小屋のウィル」[5]を朗読した。ぼくはこの短編についてほとんど理解できなかったが、朗読の快いその抑揚に心を打たれ、熱心に耳を傾ける母の様子が脳裏に焼き付いている。ＲＬＳは喜びに輝いていた。彼は自分の作品がほめられるのを好み、幾つかの質問を投げかけた。このような貴重な時間を、少しでも長くするためのいつものやり方だった。大半の著述家と違って、彼の朗読は実に巧みで、その後の聞き手の耳に言葉や語句が付きまとって離れなかった。ぼくは彼に匹敵するような朗読を聞いたことがない。引き起こされる魅力、掻き立てられるロマンス、あたかも夢から覚めたかのような名状し難い情緒――。

グレという地域に住んでいた頃、若いアイルランド人の絵描きが夕食後、集まった人々のグループに姿を現し、からかうように「月並み」というラベルをあちこちに貼るように語った。この男はＲＬＳをルイス・スティーヴンソンと呼んで、「スコットランドの三文文士だ」と言った。この言葉はすぐにＲＬＳを傷つけた。

これは彼が、記憶の中に持ち続けた、少しばかりの侮辱の一つだった。彼は「水車小屋のウィル」を読み終えて、ぼくの母の称賛にまだ浸っているときに、「スコットランドの三文文士」という言い方は別に悪くはない、というようなことをつぶやいたのだった。

後に彼は、「自殺倶楽部」[6]の芽生えとなる物語を持ってきた。ありふれた目的地に向かう列車に乗ったある人物についての話だった。話好きでちょっと変わった同乗者たちと話していて、彼は自分たちが、同じ自殺願望を抱く仲間だということにとつぜん気付く。列車は一時間かそれ以上、全速力で走行し崖を飛び越える。この話の焦点は煽情的(せんじょうてき)な興味ではなく、あらゆる抑制からとつぜん解き放たれる男たちの驚くべき会話だった。

これについてのぼくの想い出は、それが引き起こした抑えがたい笑いだった。その頃には、虚構でそんな思い切ったことができるとは考えられなかった。みんな笑い転げていたが、小さなぼくはいささか不安な気持ちだった。ぼくは不幸な作中人物について心を痛めた。その人物はカンタベリーかそのような場所に行くことを考えていたのに、まったく自分の意思に反して、明白な論理によって、人生に勝目はなく、このような列車に乗り合わせたことはとても幸運なことだと説得されるのである。

この作品から生まれたのが「自殺倶楽部」で、ＲＬＳがその後程なく書いたシリーズの一つだった。彼は、これらを陰鬱な居間で朗読したのだった。スティーヴンソンはこれらをとても楽しんでいたが、たいして重要な作品とはみなしていなかった。これらが『ロンドン』誌の幾つかの空欄の埋め草となり、それで何がしかのポンドを稼げれば十分だった。これらはまったく世間の注目を集めなかった。心の奥底では、ＲＬＳは少しばかりこれらの作品を恥じていたのではないか、とぼくは思う。数年後、これらを書籍にして出版してはどうかという話が持ち上がったとき、そんなことをすると評判に疵（きず）がつきそうだという理由で、彼が猛然と反対したことをぼくは覚えている。

一方で、別れの時は近づいていた。母やＲＬＳがどんなに困惑しているか、この別離がどんな心の痛みをもたらすかについて、ぼくはまったく分かっていなかった。それで、

「寄宿舎に戻る」ことについてひっきりなしにしゃべり続け、そのためのすべての準備を楽しんだ。一方、両親にとっては、その差し迫った八月は、人生を生きるに値するものとするあらゆるものの弔鐘を意味していた。しかし、その時が来るとぼくは別れのつらさを経験することになり、当時の情景はあたかも昨日のように鮮やかによみがえってくる。ぼくらは車両の一番前に立っていて、「さよなら」をいう瞬間がやって来た。それはひどく短く唐突で最終的だった。そしてぼくが気付く前に、RLSは長いプラットホームを歩いていて、茶色の外套に包まれたその人影が次第に小さくなっていった。ぼくの目は彼の後を追って、彼が振り返ることを願った。だが、彼は決して振り返らず、ついに群衆の中に姿を消した。別離の感覚がとつぜん胸中を襲った寂しさについては、ことばでは尽くし得ない。ぼくは再び彼に会えないことが分かっていた。

二九歳のスティーヴンソン

一八七九年のカリフォルニア州モンテレイ市は、眠気を誘う古くからの町だった。建物の大半はアドビー煉瓦と呼ばれる日干し煉瓦でできていた。流行を追う連中が鞍、手綱、拍車につけた銀の装飾品の数や、彼らがいかに勢いよくちゃりんちゃりんと音を立てながら通り過ぎていくかなどが噂の的になるのだった。中心街アルヴァラード・ストリートは、コルテスの配下として恐れられた金髪の中尉の名にちなんでつけられた。そしてそこからもっと行ったところに名誉にかかわる地点があり、どんな仕事を生業にしているにせよ、全速力で疾走すれば称賛されるのだった。その片隅には半ば埋もれた古いスペインの大砲が展示されていて、先端の砲尾は馬をつなぐ柱の役割を果たしていた。

鯨の顎が巨大な叉骨（さこつ）の形、あるいは逆様のVの字で、しばしば庭の入口に嵌（は）められていた。そして脊椎動物が、自分の家や店を自慢する連中の装飾的な壁面だった。そこはカリフォルニアの民族統一主義のメキシコによる最後の砦だった。そしてその唯一の産業は、銀のイアリングをしたジェノヴァ人による時たまの捕鯨だった。魚の干物は、その悪臭に耐えられる弁髪の中国人によって中国へ輸出されたが、自分の運を試すために西部にやって来る、若いアメリカ人たちにはいかなる誘因にもならなかった。

ぼくらの家は小さな二階建ての、薔薇の花が弧を描く日干し煉瓦の小屋で、アルヴァラード街に面していた。ぼくの母が、ボニファキオという名前の二人のスペインの老婦人から借りたのだった。

彼女らは鉄仮面の男にも譬えられるような隠遁のなかで、その家の二階部分に住んでいた。彼女らが自分たちの存在を示すのは、年上の婦人が上階の窓から、「仔牛にいたずらしないで」とぼくに金切り声を上げる時だけだった。ぼくらの裏庭は、この成長盛りの動物に牧草を与えていた。それでとりわけ、ぼくの母や大家の姉がいない時には、ぼくの仔馬の背中から投げ縄で仔牛を捉えるのがこの上ない楽しみだった。しかし、セニョーラ・ボニファキオはいつも行動を起こすのが遅かったが、けっして留守にすることがなかった。ぼくが仔牛と遊ぶことと併せて連想するのは、葬式用の黒いドレスとマンティラという彼女の装いだった。

ぼくの母が目を不思議にきらきらさせながら、なんだか奇妙な眼差しでぼくを見ながら、ある朝、居間で言ったのはこんな時だった。「ビッグ・ニュース。ラリーが帰ってくるのよ」。

ＲＬＳが帰ってきたのは、翌日だったと思う。彼が部屋に入ってきて、歓びの叫び声が彼を迎えたのを覚えている。しっちゃかめっちゃか笑い声、涙、再会で心に湧き立つ嬉しさだった。……

……ある時、ぼくはRLSと散歩していた。彼は、黙ったまま物思いに耽っているようだった。彼が注意を向けるような存在として、ぼくがそこにいないような様子だった。この散歩は退屈だった。が、だしぬけに彼は奇妙な抑揚のない声で、人を戸惑わせるように話し掛けた。「君に話したいことがあるんだ」と彼は言った。「これが君にとって、いいニュースかどうか分からないけど、私は君のお母さんと結婚するつもりだ」。

三二歳のスティーヴンソン

一八八一年のダヴォスはまとまりのない小さな町で、ほとんどすべての店が肺病患者によって経営されていた。慈善施設のサナトリウム、三つの大きなホテルがあり、お互いにかなり離れていて、どこでも患者は安らかに死ぬことができた。当時、この地域一帯が結核病患者に「新しいアルプス治療」の場として注目されていた。高い山、針葉樹林の森、輝く冬の日差しなどが、奇跡的な効果をもたらすと考えられた。一年の五カ月が「シーズン」であり、雪に埋まり、冠雪の山頂が目に眩しかった。雪、雪、雪。氷柱の樹木、凍てついた小川、きらきら輝き反射する荒涼たる感覚――これがやって来たぼくらの場所だった。

ホテルの訪問客はほとんどすべてイギリス人で、彼らのかなりの部分が亡くなったが、みんな驚くほど活気のある活発な生活を送っていた。どれほど生きられるか分からないために、安心しきっている者もいて無謀だった。激しい恋愛、怒りっぽさ、嫉み、極端に言えば仲間だけの排他的な付き合い、数限りないゴシップや陰口があった。その上、ぼくらのホテルでは、信仰の異なる正統派の一一人の牧師がいて、信奉する教義の違いのせいで、実にはなはだしい騒ぎを引き起こした。……

……ダヴォスは、RLSの健康の回復に適していた。彼の体重は、少しずつ増えてよくなっていた。ぼくの母と彼は周囲の連中と距離を保っていた。普通の平均的なイギリス人は、彼のことを疑問視していて、彼らとスティーヴンソンはうまくいかなかった。彼は頭髪がぼさぼさで、服装もだらしなく、保守的でない考えを持っていて型にはまらなかった。

その上、離婚女性と結婚していた。……

……スティーヴンソンは絶えずペンを放さず、いつも書いてはいたが、この時期は気力がなく、彼自身どうしていいか分からない様子だった。こんな時、ぼくの部屋に来てブリキの兵隊のおもちゃと遊ぶとか、ぼくのまねごとの起業に関心を持った。ぼくは小さな印刷機を持っていて、コンサートの週間プログラムとかその他のささいな請負仕事で、少しばかりの小遣い稼ぎができた。出版事業に乗り出すという野心的な望みも芽生えた。ぼくの最初の試みは「Black Canyon, or Life in the Far West」という八ページの小冊子で、綴りも内容も初めての印刷だった。次の出版は「Not I, and Other Poems by R L Stevenson」で、価格は六ペンスだった。これが四〇年後見事なカタログに、「スティーヴンソン関連、極希少、ダヴォス・プレス出版、一部六〇ないし七〇ギニー」として売りに出されることを知ったら、ぼくらは仰天したことだろう。……

……ホテルの宿泊者の一人は痩せた、身なりのよくない顔色の悪い若い女で、死期の近い牧師の妻で、いつもぼくを待ち伏せしていて、ぼくがイエスを愛しているかどうか、人を脅かすよう口調で尋ねるのが常だった。この迷惑な尋問は、次第にスティーヴンソンも巻き込むようになり、彼の霊的な幸せについての情報を告げるようになった。ぼくはなるべくこの女を避けるようにしていたができなかった。いつも思いがけないところからひょんでもなくやって来て、ぼくが逃げる前にぼくの腕をつかむのだった。スティーヴンソンにも小さなメモを渡すようになった。魂の事とか彼の霊的な危機を考えて眠れない夜を過ごしているなどの内容だったが、周囲の人たちには恋文と間違えられた。……

三二歳のスティーヴンソン

二年目のダヴォスは、最初の年よりはるかに快適だった。ぼくらは自分たちのシャレー風田舎家に住むようになって、コック付きで、専用の部屋がたくさんあった。ＲＬＳはスコットランド北東部ブレイマーの夏に着手して半ば書き終えた「宝島」の草稿を持ち出して、もう一度熱心にこれに取り組んだ。騒がしいホテルや気の合わない人たちと強いられる親密さの後で、谷間を見下ろす一戸建てのシャレーは快適だった。

スティーヴンソンのすべての創作的な仕事は午前中に行われた。当時、著述家が単に複写したり知的な作業を伴わない膨大な量の執筆を、タイプライターに委ねることはできなかった。今日の作家たちは「書痙（しょけい）」に悩むことはないが、RLSにはこれが終生付きまとった。人差指が使えない時、第二指と第三指の間にペンを挟まなければならなかった。彼が好んだ原稿用紙は罫線付きのフールスキャップ版ホワイトだった。これが五〇〇ワードの『コーンヒル』誌(7)の一ページに寄稿したものに近いからだった。彼の最初のエッセーは同誌で採用され、そのページが枚数計算の尺度になった。同誌とのすべての関係がなくなった後も、彼は同誌のページを尺度に作品の長さを計算し、これは生涯ずっと続いた。

ダヴォスでの二度目の冬、彼はあまり多くの著述をせず、午後の気晴しにはぼくの遊び相手になった。彼ほどの楽しい遊び相手はいなかった。その冬の特別の楽しみについてはよく覚えている。彼は自ら彫刻で木版を施し、それに伴う詩作品をぼくの印刷機のための二冊の小冊子として作った。彼はぼくのおもちゃの舞台のための背景を描いてくれた。とびきり贅沢なことだった。二〇ポンド以上の費用が必要で、ぼくらの予算をはるかに超えていた。

なんと言っても、ぼくらの「戦争ゲーム」にまさる楽しみはなかった。何週間も屋根裏の床で遊んで過ごした。これらのゲームは、チェスの一種「クリーグスピール(8)」をまねたようなものだった。実に入念に作られていて、六〇〇人の鉛の兵士が含まれていた。屋根裏の床は地図のようになっていて、山々、幾つかの町、河川、「良い」道路や「悪い」道路、橋、沼地などが配されていた。四人の兵士が「一連隊」を構成し、敵が確実な距離に近づいたとき、一発撃つ権利を持っていた。そして彼らの行進は重装備なしで一日二〇インチ、重装備ありで四インチだった。食料と軍需品は鉛活字の「M」の単一形態に圧縮されていた。単独の騎馬兵によって戦車一台に二〇個が積み込まれ、その働きはすべての騎兵隊と同じく歩兵隊の二倍だった……。

これは必ずしもまったくばかげたゲームというわけではなく、ある種の知性の領域が試されることは、RLSがいつも勝ったことで分かる。彼の手持ちのコマは、三分の一少ないというハンデのもとに行われたのだが——。

スティーヴンソンの会話はいつも率直で飾り気がなく、ぼくは知的な刺激を受けたことを感謝している。彼のちょっと特異な意見の一つは、「金縁の眼鏡はずるがしこさの印だ」という彼の信念だった。ジム・ホーキンズが一本足の船のコックについて警告されたように、ぼくは金縁眼鏡の連中には用心するように言われた。「やつらは人をだまし、偽善的で欲深だ」というのである。「やつらは自尊心や廉直のかけらもない。やつらは金縁眼鏡や上辺だけの慈善という仮面のもとに動き回り、餌食になる相手から強奪する」。一風変わったＲＬＳのこの人物判断を聞いて、ぼくは貴顕の紳士が、明白に狡猾（こうかつ）さを印されているのだとすれば、人を見分けるのは簡単だと感じたのだった……。

【訳注】

（1）グレ＝シュル＝ロワン：パリを中心とした地域圏、セーヌ＝エ＝マルヌ県のコミューン。多くの芸術家が訪れた。

（2）『天路歴程』（*The Pilgrim's Progress*, 1678; 1684）：ジョン・バニヤン（John Bunyan, 1628-1688）によるキリスト教的な寓意物語。

（3）『祖父の物語』（*Tales of a Grandfather*, 1828-1830）：サー・ウォルター・スコットによるスコットランドの歴史小説。元々、孫に語りかけるものとして書かれた。

（4）ヘンリー（William Ernest Henley, 1849-1903）：詩人、評論家、編集者。一八七五年二月、ステイーヴンソンとの交友が始まった。

（5）「水車小屋のウィル」（'Will o' the Mill'）：一八七八年一月、『コーンヒル』誌に掲載された。

（6）「自殺倶楽部」（'The Suicide Club'）：一八七八年『ロンドン』誌（The London Magazine）に載った。

（7）『コーンヒル』誌（*The Cornhill Magazine*, 1860-1975）：ヴィクトリア朝時代の文学的な月刊誌。

（8）クリーグスピール：兵棋。戦争ゲーム。

（付記：以下、オズボーンの原本では、「三四歳のスティーヴンソン」から「四三歳のスティーヴンソン」「スティーヴンソンの死」まで続くが、本稿では割愛することとする。――訳者）

解説
スティーヴンソンの生涯

広本勝也

ロバート・ルイス・スティーヴンソン（略称ＲＬＳ）は、一八五〇年一一月一三日、スコットランドの首都エディンバラのハワード・プレイス八番地に生まれた。父トマス・スティーヴンソンは親の世代からの土木技師で、灯台建築技師として世に知られていた。生真面目で熱血漢で篤信家だったが、憂鬱性のところがあった。母はマーガレット・イザベラといい、牧師ルイス・バルファーの一三人の子どもたちの末娘だった。この母は付き合いのよい楽天家でやさしい性格だったが、体が弱く時折半ばぼんやりしていることもあった。母に代わって子どものロバート・ルイスの世話をしたのは乳母アリスン・カニンガム（通称カミー）だった。地獄の業火、亡霊、迫害を受ける長老主義盟約者たちのすさまじい話を語り聞かせたために、ルイスが深夜発作に襲われた時には「だいじょうぶよ」と慰めるのだった。

三年後、一家は近くのインヴァリース・テラスに居を移したが、エディンバラの暴風と霧に今まで以上にさらされることになった。屋根や窓枠にたたきつける風は、地獄、悪霊、劫罰(ごうばつ)などについて語る乳母の劇的な抑揚の朗読とともに幼いルイスをひどく怯えさせた。さらに三年後、家族は医師の忠告のもとに、子どもの慢性的な風邪や咳込みを軽減するためにヘリオット・ロウ一七番地のジョージ王朝時代風の家に引っ越した。七歳の時、キャノンミルズの私立小学校に入学し、一一歳でエディンバラ・アカデミーに入ったが、いずれも咳や風邪など呼吸器系の病気のため休みがちだった。二年後にはミドルセックス州アイルワース、スプリング・グローヴの寄宿学校に預けられたが、一学期間で耐えられなくなり、スコットランドの両親の許(もと)へ帰った。

一六歳の時、自宅に近いトムソン氏経営の学校に入った。健康がすぐれず、学業に遅れの生じる生徒たちのための特別な学校で、宿題はなく午後は短縮授業だった。ルイスはH・B・ベイルドンという生徒と友だちになり、校内誌を編集して、一七世紀盟約主義者

弁護士を開業した時の RLS（25 歳）

たちの蜂起の概要を記述し、最初の文学的な営みの結実となった。盟約者たちの作品に引かれ、死の前年サモア島でもそれらを読んでいた。

一八六七年一七歳でエディンバラ大学に入学し、灯台技師になるため工学を選んだが、ルイスがこの分野に向いていないことは明らかだった。そのため一八七一年四月、父親は「弁護士になるために法律に専攻を変えたらどうか」と勧め、息子の方は気が進まなかったが、致し方なくその助言に従った。父親を安心させるために、ルイスは法律の勉強を続けた。その甲斐あって、一八七五年七月一六日、彼は弁護士としてスコットランドの法曹界の一員になることを認められた。ヘリオット・ロウ一七番地の家の扉には「弁護士R. L. Stevenson」と刻まれた真鍮製の看板が掲げられた。しかしながら法律家としての彼の活動には注目すべきものは何もなく、大した収入は得られなかった。

一八七五年から数年間、ルイスはイギリス国内だけでなく、ドイツ、フランスなどヨーロッパ大陸を旅行した。翌年春、フォンテンブローの美術家村にしばらく滞在し、初秋には、カヌーに乗ってフランスおよびベルギー国内の河川を航行した。パリに戻って、再びフォンテンブローを訪れたとき、ファニー・オズボーンというインディアナポリス出身のアメリカ人女性と出会った。ルイスよりも一〇歳年上の既婚者で、二人の子どもを連れていた。三六歳だったが、二〇代後半ぐらいに見えた。その後、ルイスとの交際が続き、フランスやエディンバラで共に過ごした。オズボーン夫人はいったんカリフォルニアの夫の許へ帰ったが、一八七九年の夏、離婚手続きを開始した。その知らせを受けてルイスは渡米し、金銭的な困窮や病身に苦しめられたが、難儀の果てに再会を果たした。一八八〇年五月二人は訴訟を終えて、結婚式を挙げるに到った。ファニーの熱情、仲間意識、創造的なエネルギーはスティーヴンソンの結婚生活の生命力となった。

同年八月ルイスは、晴れて妻となったファニーと義理の息子で一二歳のロイド・オズボーンを伴い、スコットランドの実家に帰った。しかし故郷の気候はルイスの健康に適さず、十月、親子三人で旅立ち、アルプスの山中ダヴォスで過ごすことになった。そこは結核患者の療養施設を備えた地域として知られるようになっていたのである。ルイスはクリニックで診察を受け、「喫煙を控えること、牛乳を飲み肉を摂ること、そして一日に二時間以上執筆しないこと」などを、カール・リューディ医師に命じられた。ルイスは結核患者のような症状を示したが、実際にはそのように診断されたことは一度もなく、後世の医療的な推測では、彼の持病は慢性的な気管支炎であり、そのためしばしば喀血（かっけつ）することがあったとされる。

一八八一年山を下りてパリ経由でイギリスに戻り、スコットランドのハイランド地方ブレイマーに住んだ。が、やはり健康状態を考えて同年秋、再びダヴォスに向かい、一戸建てのシャレーを借りて住んだ。

ダヴォスでの二度目の冬、息子ロイドの玩具の印刷機を用いて、木版画に詩を加えて刷ったのが、「ぼくは違う、およびその他の詩」（'Not I, and Other Poems'）ほか八冊のパンフレットである。一八八二年四月ダヴォスを去って、しばらくエディンバラに住んだ。

一八八四年温暖な気候を求め、イングランド南部、ロイドの学校のあるボーンマスに引

ブレイマー地方のコテージ。『宝島』を執筆した。

っ越した。緑陰の多いブランクストーン公園の地域にボナリー・タワーズという家具付きの家を借りた。秋と冬は咳込むことが多かったが、起き上がって生活できるようになった。六六歳の父は「結婚祝い」と称して「海の眺め」(Sea View)という一軒家を息子に買い与えた。ルイスは父を喜ばせるために「スケリヴォア」(Skerryvore)という灯台の名称に変えて、庭には船の点鐘を取り付けた。この年から夫妻は三年間ここに住んで、健康の回復に努めた。一八八七年父が亡くなり、その翌年再びアメリカに渡ることになった。ルイスは母親、妻ファニー、息子ロイド、それに小間使いを連れて、家畜船「ラドゲイト・ヒル号」に乗り込んだ。

一八八七年ニューヨークに着くと、多くのジャーナリストたちが待ちかまえていた。この頃までに、海洋冒険小説『宝島』（*Treasure Island*, 1883）、『プリンス・オットー』（*Prince Otto*, 1885）、二重人格をテーマとする『ジーキル博士とハイド氏』（*Strange Case of Dr. Jekyll and Mr. Hyde*, 1886）、『誘拐されて』（*Kidnapped*, 1886）などの小説で文名を挙げ、世評を確立していた。が、健康上の理由でアディロンダック山地の高地サラナックレイク村の山荘で保養することになった。

翌年春には山を下りた。そして六月、二本マストの豪華な帆船「カスコ号」に乗った。九五フィート、七四トンの競争用スクーナーだった。サンフランシスコ湾から金門橋を通って、紺碧の海原がはてしなく拡がる太平洋に出て、約六カ月にわたる南海巡航の旅が始まった。マルキーズ諸島、ポーモト群島を経て、ソシエテ諸島のタヒチ島・首都パペーテに到着した。

ルイスの病状が悪化しおびただしく喀血し、フランス人の医師がさらに出血すれば死を免れないと宣告した。ルイスはそれを聞いて冷静に頷いたが、自ら手で巻いた紙巻煙草を止めようとはしなかった（因みにタヒチは、後にゴーギャンの画業、サマセット・モームの小説などで知られるようになった島である）。この島の気候が自分の健康に適している、とルイスは判断した。八週間を経て、ルイスは観光客ではなく、この土地の住民として受け入れられていた。だが、クリスマスの日に一行は出航することになった。別れを惜しんでみんな涙を流した。船の旗が半旗となり、船長はライフル銃で号砲を大空に撃った。

一八八九年一月、ホノルルに着き、ここでカスコ号との契約を解除し、母はいったんスコットランドへ帰った。ホノルルは人口二万六〇〇〇人の活気のある近代都市で、電話による交信網が利用でき、街路には電灯が設置されていた。ルイス一家はワイキキの浜の東端に家を借りて住んだ。ハワイの王カラカウアとは親交を深めたが、六カ月を経て、ルイスは南太平洋を巡る計画を立てた。さらに未知の世界を体験したいと望んだ。作家としての好奇心を満たし、新しく作品化できるような題材を求めたのである。

同年六月、六四トンの帆船「イクエイター号」と契約し、南太平洋の島々を訪ねることにした。

マルキーズ諸島最大のヌクヒバ島のアナホに留まっていたとき、ココヤシの木陰から一人の男が現れた。ルイスは自分たちに加わるように手招きし、喫っていた巻きたばこを彼に差し出した。彼はそれを少し吹かしたあと、ルイスに返した。ファニーは回想している。「たばこを持っていたのは、ハンセン病患者の障碍者の手だった。驚いたことに、私の夫はたばこを受け取り、それを吹かした」。

　また、別の時、「集積所」と標されたビッグ・アイランドで、ルイスは赤い服の小さな女の子が、ハンセン病罹患者のコロニーのあるモロカイ島へ送られるのを目撃した。取り囲んだわずかばかりの親戚の人々は泣いていた。この光景がルイスをひどく動揺させた。「こんな幼い子が、家族や親しい仲間から引き離されなければならないのか」。ルイスはモロカイ島に立ち寄りたいと思ったが、当局の許可が必要だった。ルイスたちはそれを得て、島中央部のカラウパパ半島に到着した。コロニーを運営していた四九歳のダミアン神父自身がハンセン病に感染し亡くなってから、まだ三週間しか経っていなかった。ルイスたちは一週間余りそこに滞在し、コロニーの現状およびダミアン神父について取材した。神父の功績については疑いようがなかったが、プロテスタント系の「ホノルルのC・M・ハイド牧師」などによる誹謗中傷もあった。ルイスは、同牧師への反論を私家版の小冊子「公開状」として印刷した。ホノルルの地元の新聞が土着語でその翻訳を載せ、売上金はモロカイのハンセン病患者に送られた。

その後、ルイスたちは、マーシャル、カロリン、そしてギルバート諸島を訪ねた。一二月にはサモア諸島の首都アピアに到着し、まだ開墾されていない領地を四〇〇〇ドルで購入した。アピアから二マイルの高台の四〇〇エーカーの土地だった。ヴァイリーマと呼ばれる渓流地帯で、五つの河川が流れていた。ルイスは家が建てられるまでの間、もう一度航海に出ることにした。

一八九〇年二月、今度はドイツの汽船「ルーベック号」に乗り、シドニーを目指した。八月シドニーに着いた。だが、風邪を引き喀血して、病状の回復を待つ以外にはなかった。三カ月を経た後、健康状態は良くなかったが、サモアに向かって出帆した。一度同地にたどり着いて建築中の家の様子を見たが、完成には程遠い様子だった。これを口実に、ルイスはさらに南海の全部で三五の島々を巡った。一一月いよいよサモアに戻り、自分の領地に建築中の仮小屋に入った。

一八九一年四月建設が完成し、新しく建てた母屋に入った。下の階には四部屋、上階には五部屋あり、広いバルコニーがついていた。縦六〇フィート、横四〇フィートの大広間の壁や天井はカリフォルニア産のセコイア材が張られていた。何百冊もの書籍を収めた書庫の壁は黴（かび）除けのためにワニスが塗られていた。郷愁から暖炉を設けることにこだわり、そのため一〇〇〇ドルの費用を抱えることになった。上階の書庫につながる書斎は簡素で、狭い寝台、本棚、テーブル、椅子二脚があるだけだった。その後、客間や食堂が増築された。

この頃、島を統治していたマターファ王はドイツ軍と衝突し、島は英・独・米の外国政府の共同管理下に置かれた。ルイスは白人たちのやり方を愚かで横暴な干渉とみなし、マターファ王の味方となり、複雑な状況について『タイムズ』紙にしばしば投稿した。そして一八九二年七月『歴史への脚注』（*A Footnote to History*）という著書をカッセル社から出版した。

ルイスはいまや、心の燃え立つままに未知の世界へ出航する冒険家ではなかった。家長としての責任を果たすだけでなく、サモアで働く島民たちの保護者だった。島民たちはルイスを厚く信頼し、「（物語の）語り手」（Teller of Tales）を意味する「タシタラ」（Tusitala）という称号を与えた。ファニーのことは「奥方」（Tamaitai）とか「飛びゆく雲」（Aolele）と呼んだ。

一八九四年十一月、四四歳の誕生日の祝宴が盛大に催された。親族や二艘の船からの招待客たちが出席した。太った牛一頭のほか、豚、鶏、鳩が屠られ、パイナップルやバナナが出された。缶詰の鮭は珍味とされた。葡萄酒がふんだんに振る舞われ、沖に碇泊（ていはく）していた汽船の氷で冷やされたシャンペンが注がれた。

この年の十二月三日、ルイスはロイドの姉で義理の娘イゾベル（Isobel Osbourne, 1858-1953）に作品の口述筆記をさせた。仕事を終えて、昼食のために知人と外出し、暗くなってから帰ってきた。樹木の木陰から輝いている家の明かりを見ると幸福感に満たされた。いつものように夕食のために着替えをした。が、ファニーはここ数日、なんだか途方もなく恐ろしいことが起こるような予感のためにふさぎ込んでいた。ルイスは貯蔵室から選り抜きのバーガンディを持ってきた。そして妻を元気づけるためにトランプをし、サラダ料理の手伝いをした。それから階下のバルコニーでくつろいで雑談をした。が、いきなり叫び声を挙げた。「何だ、これは。頭が割れそうだ。ぼくの様子はおかしいんじゃないか」。妻は「そんなことはない」と打ち消したが、ルイスはそのまま彼女の膝に倒れ込んだ。彼女と召使いが椅子を持ってきて、座らせたときには意識を失っていた。こうして脳溢血の発作で、彼は二時間後に息を引き取った。

家族の友人クラーク牧師による英国国教会の葬儀が執り行われた。そしてルイス自身の祈りのことばが語られた。「(神様、)もう少しの間耐えさせてください。そうすれば、もっとよいことができるでしょう。並々ならぬ恩恵で祝福してください。その恩恵が施される時には、私たちは悩める者としての役割を果たします。私たちの友となってください。私たちと共におられますように」。

ルイスの死の知らせは直ちに世界中を駆け回り、ハワイから鉛筆書きで署名のないメモが届いた。「スティーヴンソン氏、奥様、世界中の人々がロバート・ルイス・スティーヴンソンの死を嘆き悲しんでいます。でも、モロカイの盲目のハンセン病患者の白人ほど彼を哀悼する者はいないでしょう」。

遺言に従って、遺体はヴァイリーマの上に聳(そび)えるヴァエア山頂に埋葬されることになった。びっしりと生い茂った叢林(そうりん)には通れる道がなかった。だが更紗(サラサ)の黒い腰布を着けた屈強のサモア人たちが終夜険しい斜面を切り開いた。一九人の白人と六人のサモア人たちが

RLS と家族たち。後列中央に RLS、右隣にファニー、前列左端にロイド・オズボーン。

棺を肩に担ぎ、険しい斜面を登った。
山頂の棺の覆いとして冒険の日々、カスコ号に翻っていた英国国旗が掛けられた。一八九七年にセメントの墓所が建てられ、ブロンズの銘板が付けられた。「タシタラの墓」と記され、薊（あざみ）とハイビスカスの花が刻まれた。

あとがき

本書は『宝島』で名高い、スコットランド出身の小説家ロバート・ルイス・スティーヴンソン（Robert Louis Stevenson, 1850-1894）が著わした *Moral Emblems & Other Poems Written and Illustrated with Woodcuts by Robert Louis Stevenson First Printed at The Davos Press by Lloyd Osbourne and with a Preface by the Same*（London: Chatto & Windus, 1921）の全訳である。この作品は作者が療養のために、一八八一年から二冬、妻ファニー、継息子ロイド・オズボーンと共にスイスのダヴォスで過ごしたとき、オズボーンが印刷し出版した。この間の事情について、相良次郎著『研究社英米文學評傳叢書63　スティーヴンスン』（一九三八）では、「木版画や之に詩を添えたものをロイドの玩具の印刷機で刷った」と記されている（六九頁）。

その後調べてみたところ、*Moral Emblems & Other Poems. . .* は田鍋幸信編著『日本におけるスティーヴンスン書誌』（朝日出版社、一九七四）には入っていない。また、G・B・スターン著、日高八郎訳『英文学ハンドブック――「作家と作品」№22 スティーヴンスン』（研究社、一九五六）の主要書目には、書名は出ていないが、次のような言及がある。「[主要書目の]リストでは、自費出版中権威あるものの多くを省いた。それらの版でスティーヴンスンの小説、随筆、および詩のあるものは、初めて日の目をみたのである。且又、それらのなかには、ダヴォスにおいて一八八一年から八二年にかけて、当時学童であったロイド・オズボーンによる、手刷りのパンフレット類も含まれている」（六頁）。

今回拙訳を試みた出版物は、ダヴォスにおける「手刷り」原稿に基づき、Chatto & Windus によって一九二一年に出されたハードカバーの上製本であり、幾つかのパンフレットを選んで合体した木版画付き詩集である。

ところで余談になるが、同書を入手した経緯について述べると約二〇年前に遡る。オックスフォード大学に留学中、ブロード・ストリートに面した古書店に入り、書棚にあった一冊の本を手に取った。見返しには「from the Library of Owen Barfield, 1898-1997」というラベルが貼ってあった。また、手書きのインクの筆記体で「Owen Barfield, 1921」と記されていた。オウウエン・バーフィールド氏は文学討論グループ「インクリングズ」のメンバーで、C・S・ルイスやJ・R・R・トールキンなどとも親交が深かった。ロンドンの事務弁護士の仕事をしながら、哲学者としての業績もある。さらに、英語史に関して、『英語のなかの歴史』（*History in English Words*）という本の著者としても知られている。同氏の旧蔵書の一冊が、スティーヴンソンの版画入り詩集*Moral Emblems and Other Poems...*であり、当時私が入手した時の値段は一六ポンドだった。

今回訳出したこの本では上記と併せて、オズボーンによる*An Intimate Portrait of R・L・S・*（New York: Charles Scribner's Sons, 1924）の抄訳を収録することにした。同書の成立事情を理解する上で役に立つと考えたからである。

なお、寓話を集めた未定稿の「Fables」に関して、岡倉由三郎、寺西武夫訳注『悟道（寓話二十）』（研究社、一九二五）や、枝村吉三訳『寓話』（牧神社、一九七六）が刊行されている。「寓話」という題が拙訳のChatto & Windus版作品集と似ているような印象を与えるが、本書は既刊のこれら先達の両著書とはまったく内容の異なるものであることを付記しておきたい。

最後になったが、本書の出版に際して鳥影社編集部の北澤晋一郎氏、矢島由理氏にたいへんお世話になった。校正の過程で、有益なご助言・ご教示をいただいたことに心から感謝の意を申し上げる。

訳　者

〈著者紹介〉

ロバート・ルイス・スティーヴンソン

(Robert Louis Stevenson, 1850–1894)

スコットランド出身のイギリスの小説家・随筆家・詩人。子ども時代から文学に関心を持ち、1871 年エディンバラ大学の学内誌に寄稿を始めた。1879 年カリフォルニアに渡り、ファニー・オズボーン夫人と結婚。冒険小説『宝島』(1882) で、文名を確立した。『ジーキル博士とハイド氏』(1886) は人間の暗黒面を掘り下げ、微妙な心理に洞察を示す傑作。各地を転々とした後、サモア島に定住した。脳溢血で倒れ、ヴァエア山の山頂に埋葬された。作品には、『子どもの詩の園』『プリンス・オットー』『誘拐されて』『バラントレイの若殿』など。

〈編者紹介〉

ロイド・オズボーン

(Lloyd Osbourne, 1868–1947)

カリフォルニアに、父サミュエル・オズボーンと母ファニー・ヴァンダグリフトの間に生まれた。アメリカの著述家で、スティーヴンソンの義理の息子。タヒチ島パペーテに集まった三人の男たちの短編『退潮』(1894)、老齢年金を骨子とするブラック・コメディー的な奇談『箱違い』(1889)、海洋犯罪の冒険小説『難破船』(1892) など、スティーヴンソンとの合作がある。また本書に一部を収めた『素顔のR・L・S・』(1924) は、生活記録に基づく忠実な伝記となっている。

〈訳者紹介〉

広本勝也（ひろもと　かつや）

慶應義塾大学大学院博士後期課程満期退学。

現在、慶應義塾大学名誉教授。

翻訳：フランツ・アントン・メスマー著、ギルバート・フランカウ編『メスメリズム――磁気的セラピー――』（鳥影社、2023）。

著書：坂本和男、来住正三編『イギリス・アメリカ演劇事典』（新水社、1999）分担執筆。

論文：「ベン・ジョンソンとベッドフォード伯夫人たち――パトロン制度の中で」（植月恵一郎編『＜男＞と＜女＞のディスクール』金星堂、1998）。

「R. L. スティーヴンソンの生涯――父性との葛藤――」（『慶應義塾大学日吉紀要：英語英米文学』No. 46、2005）、他。

道徳的な寓意、およびその他の詩
著者によるオリジナル木版画を添えて

2025年1月17日初版第1刷発行
著　者　ロバート・ルイス・スティーヴンソン
編　者　ロイド・オズボーン
訳　者　広本勝也
発行者　百瀬精一
発行所　鳥影社 (choeisha.com)
〒160-0023 東京都新宿区西新宿3-5-12トーカン新宿7F
電話 03-5948-6470, FAX 0120-586-771
〒392-0012 長野県諏訪市四賀229-1（本社・編集室）
電話 0266-53-2903, FAX 0266-58-6771
印刷・製本　シナノ印刷

ISBN978-4-86782-136-7　C0098